BIBLIOTHÈQUE DU MAGASIN D'ÉDUCATION

ET DE RÉCRÉATION

PIERROT A L'ÉCOLE

PIERROT A L'ÉCOLE

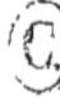

PIERROT A L'ECOLE
TEXTE ET VIGNETTES
PAR G. FATH.
PARIS
GRAVEES PAR J. HETZEL
L. DUMONT
18, RUE JACOB, 18

PIERROT A L'ÉCOLE

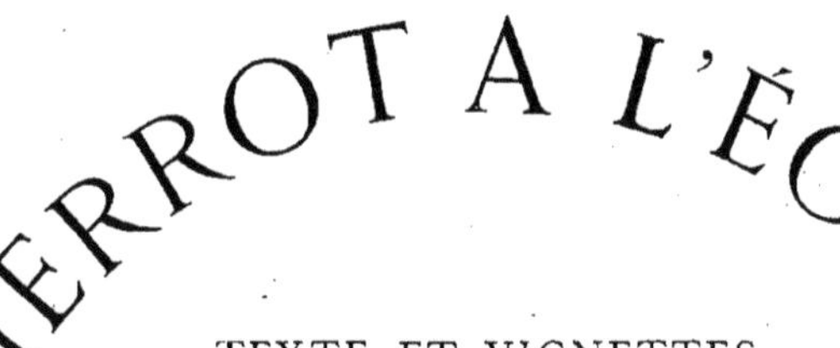

TEXTE ET VIGNETTES

PAR

G. FATH

TRENTE-DEUX VIGNETTES PLUS UN FRONTISPICE

PARIS

BIBLIOTHÈQUE DU MAGASIN

D'ÉDUCATION ET DE RÉCRÉATION

J. HETZEL, 18, RUE JACOB

—

STRASBOURG, TYPOGRAPHIE DE G. SILBERMANN

PIERROT A L'ÉCOLE

I

Pierrot est gourmand et paresseux. *Chacun sait ça !*
Quand il mange sa soupe, il fait volontiers durer le plaisir. Mme Pierrot fait
remarquer à son fils qu'il est déjà tard pour aller à l'école... Pierrot
n'hésite pas à déclarer qu'il est même trop tard...

II

C'est égal, il faut partir ! le cœur de Pierrot
est GONFLÉ D'AMERTUME.

PIERROT A L'ÉCOLE

III·

Chemin faisant, M. Pierrot se permet de flâner devant la boutique
d'un pâtissier dont les galettes lui semblent belles à voir. Stop, un chien des rues,
qui n'est pas flâneur, profite des préoccupations de Pierrot pour se livrer
à un travail très-actif sur les tartines que contient son panier.

PIERROT A L'ÉCOLE

De flânerie en flânerie, M. Pierrot a gagné la campagne.
La mère l'Oie, dont il a troublé la famille, lui apprend que ce n'est pas du côté
des oies qu'il faut aller pour s'instruire, et qu'il n'est pas toujours
prudent de quitter le bon chemin.

PIERROT A L'ÉCOLE

V

Remis de son émoi, Pierrot rencontre le petit Jacquot, autre flâneur.
Il est convenu qu'on va faire ensemble l'école buissonnière. Mme la Chèvre,
devant qui M. Jacquot avait passé sans la saluer, lui donne une leçon
de politesse. Mais Jacquot est si attentif aux propositions de son
ami Pierrot, qu'il ne pense pas à son chapeau.

VI

Il ne faut jamais compter sans l'œil du maître !
Du haut de sa fenêtre quelqu'un avait tout vu. Les déserteurs avaient été suivis !
M. Martinet n'est pas tendre pour les élèves qui sont en faute.
Adieu l'école buissonnière !

VII

Pierrot, une fois en classe,
s'est endormi sur son livre. Les rires de ses bons petits camarades
et ses ronflements le trahissent.

VIII

M. Martinet, très-susceptible quand il professe, a condamné maître Pierrot
à trois quarts d'heure de *bonnet d'âne* et de *piquet*. Pierrot essaie de dormir
tout debout, mais je crois qu'il n'y réussit pas.

IX

Pierrot, qui a subi sa peine, a la mauvaise idée de s'en venger
quand il est dans la cour, en faisant sur le mur le portrait de M. Martinet.
Mais M. Martinet est partout. Ayant sans doute trouvé que son portrait
n'était pas flatté, M. Martinet, son martinet à la main,
s'apprête à plonger M. Pierrot...

X

Dans un affreux cachot, plein de grosses bêtes que M. Pierrot
n'aime pas du tout : — des rats...

XI

Pierrot, qui a horreur du cachot — et des rats,
médite une évasion...

XII

...qui lui réussit trop. Emporté par la peur
(déjà les rats grimpaient au mur), il tombe la tête la première
sur un tas de paniers.

XIII

La fenêtre du cachot donnait justement dans le garde-manger des élèves.
Cela sent très-bon dans le nouveau cachot. Pierrot, qui a le nez fin, se relève
et remet en place les paniers dérangés par sa chute.

XIV

Après quoi il songe à faire une visite à son propre panier.
Ses tartines! où sont ses tartines? Désespoir de Pierrot. M. Stop seul pourrait
le lui dire, mais il s'en gardera.

PIERROT A L'ÉCOLE

XV

Pierrot a bien vite imaginé un système de compensation.

Son panier est vide, mais les paniers de ses petits camarades sont pleins.

Pierrot cède à une coupable pensée ! Pierrot n'oublie qu'une chose, c'est qu'il y a
un trou dans le mur et que les fautes ont toujours des témoins.

XVI

L'heure de la récréation a sonné. La porte s'ouvre. Pierrot est sorti
sans en avoir l'air. Les élèves entrent pour chercher leurs provisions et bientôt
ressortent exaspérés ! Malheureux Pierrot, son crime est connu !
L'heure de l'expiation est arrivée : quelle volée ! ! !

XVII

Pendant huit jours, dont quatre furent passés dans son lit, et quatre
autres à se rétablir tout à fait, M. Pierrot tient une conduite exemplaire ; mais
le neuvième, l'infâme petit Jacquot ayant découvert qu'il y avait des œufs
tout frais pondus dans le poulailler de M. Martinet, les deux garnements
conçoivent l'abominable dessein de les dénicher, et l'exécutent...

XVIII

Pourquoi y a-t-il des fenêtres aux maisons? Pourquoi Mme Martinet veillait-elle sur ses œufs? M. Martinet, prévenu, fond sur les deux coupables. Ce petit serpent de Jacquot avait déjà eu le temps de rentrer en classe. Pierrot, moins leste, parce que le produit de son vol a retardé sa marche, est pris et mis au pied du mur. Que croyez-vous qu'il fait pendant que M. Martinet l'accable de reproches mérités? Il fait semblant d'être très-occupé à attraper des mouches.

XIX

La patience humaine a des bornes. Voyant le cas que l'incorrigible Pierrot fait de ses paroles, M. Martinet, indigné, passe à l'action, et secoue Pierrot comme un prunier. Les œufs volés tombent de ses poches et même de son chapeau. Le crime de Pierrot est avéré.

XX

M. Martinet en a assez de M. Pierrot et de M. Jacquot! Il renonce à faire
l'éducation de ces deux polissons, et les chasse ignominieusement. Les deux
petits drôles se sentent à peine hors de sa porte, qu'ils se mettent à le narguer;
mais il y a une justice dans ce monde. «Rira bien qui rira le dernier,»
leur crie le sage M. Martinet, du haut de son donjon.

XXI

Vous croyez peut-être que Pierrot et Jacquot vont rentrer chez eux pour
tâcher d'arranger leurs vilaines affaires par l'entremise de leurs parents? Point!
Ils vont tout droit à la fête des Loges, et, deux heures après, vous auriez pu les
voir, écoutant, comme s'ils avaient eu la conscience la plus tranquille, une
parade de la foire. «Nous allons joliment nous amuser! dit Pierrot.
— Oh oui!» s'écrie Jacquot enthousiasmé.

XXII

Alléchés par le spectacle de la porte, Pierrot et Jacquot font un trou
dans la toile, s'introduisent frauduleusement dans la baraque du saltimbanque,
pour tout voir sans payer, et s'y trouvent subitement en tête à tête avec
Martin l'ours au moment où cet effroyable animal se reposait
de ses exercices, en fumant sa pipe. Ce n'est pas si
amusant qu'ils le croyaient dans les baraques.

XXIII

Je n'ai pas besoin de dire que maître Pierrot et maître Jacquot ne se sont pas fait prier pour reprendre le chemin par où ils étaient venus. Mais dans leur effroi, courant éperdus, à tort et à travers, Pierrot est accroché par une ancre qui pendait d'un ballon, et il disparaît dans les airs, à la grande joie de la foule, qui croit que son ascension fait partie du programme.

XXIV

Heureusement pour M. Pierrot que sa blouse était solide et que le ballon
était captif: ramené bientôt sur terre, il en est quitte pour la peur.
Pour se remettre, Jacquot lui conseille de manger beaucoup de pain d'épice;
il en mange trop, et fait à la suite de cet excès de si étonnantes grimaces,
que ce petit sans-cœur de Jacquot ne peut pas s'empêcher d'en rire.

XXV

Où est Pierrot?...
Jacquot a l'air très-inquiet; nous croyons pourtant que
maître Pierrot n'est pas perdu.

XXVI

Dégoûté de la fête et très-affaibli, Pierrot s'empare d'un âne.
L'âne étant très-long, il y a place pour deux. M. Pierrot et M. Jacquot
s'installent sur son dos à la façon des beaux messieurs
du bois de Boulogne.

XXVII

Soupçonnant que ses deux cavaliers ne sont pas de première force
sur l'équitation, l'âne se dit qu'il a tout intérêt à mettre leur science à l'épreuve.
Il se lance au galop. Quelle culbute ! L'âne débarrassé retourne
à son logis, très-satisfait de son expédient.

XXVIII

La chute de l'âne a achevé Pierrot. Le malheureux se traîne,
clopin-clopant, au bras de son ami, moins éprouvé que lui. «Du courage,
lui dit Jacquot, car nous avons encore la forêt à traverser. »

XXIX

Il fait très-sombre dans la forêt de Saint-Germain.

J'ai entendu dire qu'elle était pleine d'animaux féroces, peut-être des loups !

« Si nous retournions chez papa, dit Jacquot. — C'est que j'ai

bien peur aussi de papa ! » dit Pierrot.

XXX

La peur des loups l'a emporté sur la crainte du châtiment qu'il mérite;
Pierrot est rentré à la maison. Mais ses pressentiments ne l'avaient pas trompé.
Sa rentrée n'est pas un triomphe.

XXXI

Pierrot est resté incorrigible, Jacquot aussi.

Leur ignorance et leur paresse n'ayant fait que croître et embellir, ils en
sont réduits à s'engager dans la troupe de M. Bilboquet. Leurs attributions sont
très-distinctes. C'est Jacquot, devenu Arlequin, qui donne les coups de pied;
c'est Pierrot qui les reçoit. Infortuné Pierrot, il est devenu vieux, il
se repent peut-être. Hélas, il est trop tard !

FIN

J. HETZEL & Cie, 18, RUE JACOB.

Bibliothèque illustrée de Mlle Lili et de son cousin Lucien.

ALBUMS en 7, 8, 9 & 12 COULEURS.

	cart.	rel.
LE MOULIN A PAROLES. Album de 8 planches par FRŒLICH, texte par P.-J. STAHL	1f 50c	3f »c
MONSIEUR CÉSAR. Album de 12 planches par FRŒLICH, texte par P.-J. STAHL	1 50	3 »
HECTOR LE FANFARON. Album de 8 planches par FRŒLICH, texte par P.-J. STAHL	1 50	3 »
JEAN LE HARGNEUX. Album de 16 planches par FRŒLICH, texte par P.-J. STAHL	2 »	3 50
HISTOIRE D'UN AQUARIUM ET DE SES HABITANTS, par ERNEST VAN BRUYSSEL, dessins imprimés en douze couleurs	6 »	8 »

PREMIER AGE. — JEUNES FILLES. — JEUNES GARÇONS.

	cart.	rel.
HECTOR LE FANFARON, texte par P.-J. STAHL. Album illustré par FRŒLICH.	1f	2 50c
JEAN LE HARGNEUX, texte par P.-J. STAHL. Album illustré par FRŒLICH.	1	2 50
ZOÉ LA VANITEUSE, texte par P.-J. STAHL. Album illustré par FRŒLICH.	1	2 50
MADEMOISELLE PIMBÊCHE, texte par P.-J. STAHL. Album de 16 dessins par FRŒLICH	2	3 50
LE ROI DES MARMOTTES, texte par P.-J. STAHL. Album de 17 dessins par FRŒLICH	2	3 50
ALPHABET DE Mlle LILI. Album de 30 dessins par FRŒLICH, imprimé en rouge et noir par SILBERMANN	3	4 50
L'ARITHMÉTIQUE DE Mlle LILI. Album de 38 dessins par FRŒLICH.	3	4 50
LA JOURNÉE DE Mlle LILI, texte par P.-J. STAHL, 22 vignettes par FRŒLICH.	3	4 50
Mlle LILI A LA CAMPAGNE, texte par P.-J. STAHL, Album de 27 dessins par FRŒLICH	3	4 50
LE PETIT TYRAN, texte par P.-J. STAHL. Album de 24 dessins par MARIE.	6	4 50
MONSIEUR TOC-TOC, texte par P.-J. STAHL. Album de 26 dessins par FRŒLICH.	3	4 50
CAPORAL, le CHIEN DU RÉGIMENT. Album de 26 dessins par LANÇON.	3	4 50
LES PREMIÈRES ARMES DE Mlle LILI, texte par P.-J. STAHL. Album de 25 dessins par FRŒLICH	3	4 50
LE PETIT DIABLE, texte par P.-J. STAHL. Album de 23 dessins par FRŒLICH.	3	4 50
LES PETITES AMIES, texte par P.-J. STAHL. Album de 21 dessins par PLETSCH.	2	4 50
HISTOIRE D'UN PAIN ROND. Album illustré de 34 dessins par FROMENT	3	4 50
PIERROT A L'ÉCOLE. Album illustré de 88 dessins de G. FATH.	3	4 50
L'HISTOIRE DU GRAND ROI COCOMBRINOS, silhouettes enfantines par MICK NOEL.	3	4 50
BÉBÉ A LA MAISON. Album illustré par FRŒLICH	4	5 50
BÉBÉ AUX BAINS DE MER. Album illustré par FRŒLICH.	4	5 50
VOYAGE DE Mlle LILI AUTOUR DU MONDE, par P.-J. STAHL. Album de 49 dessins par FRŒLICH	5	7 »
VOYAGE DE DÉCOUVERTES DE Mlle LILI, par P.-J. STAHL. Album de 49 dessins par FRŒLICH	5	7 »
LE ROYAUME DES GOURMANDS, par P.-J. STAHL. Album de 49 dessins en trois couleurs, par FRŒLICH	5	7 »
LA BELLE PETITE PRINCESSE ILSÉE, conte allemand, par P.-J. STAHL, dessins par FROMENT, encadrements rouges	5	7 »
AVENTURES SURPRENANTES DE TROIS VIEUX MARINS, par JAMES GREENWOOD, dessins par ERNEST GRISET. Album in-4°	5	7 »

MAGASIN D'ÉDUCATION

JEAN MACÉ — P.-J. STAHL — JULES VERNE

Collection complète, 10 beaux vol. gr. in-8e.

Brochés, 60 fr. — Cart. dorés, 80 fr.

Cette précieuse collection contient la valeur de 50 volumes, 2000 dessins par nos artistes les plus célèbres, et 200 contes, récits, voyages, articles de science ou de littérature, par nos écrivains les plus autorisés. C'est la seule œuvre collective, à l'usage de la jeunesse, qui ait été couronnée par l'Académie française.

Chaque volume séparément : Broché, 6 fr. — Cart. doré, 6 fr.

STRASBOURG, TYPOGRAPHIE DE G. SILBERMANN.

MÉMOIRE

ADDRESSÉ A MESSIEURS LES XL.
DE L'ACCADÉMIE FRANÇAISE.

POUR César - Chrisogone - Alexandre-Baltazar Métrolin, Poëte, au nom & comme Adjoint de Melchior-Aaron-Bartholomée l'Eclair, Emmanuel-Annibal-Melchisédec de Cerveaucreux, Christophe-Auguste Israël de S. Martin - Sec & Consors, demandeurs & défendeurs.

CONTRE la Compagnie (a) des Histrions & Joueurs de Marion-

(a) C'est avec justice que nous nous voyons forcés de donner à cette Compagnie un titre aussi légitimement acquis, depuis qu'un d'entre eux nommé Baron ayant été demander, je ne

A

(Par Alexis Maton, d'après Barb

YF 123

nettes Françaises de la Ville,
Fauxbourgs & Banlieüe de la
Ville de Paris.

SI l'esprit est à la matiere organisée ce que la séve est aux plantes, le désordre des Finances aux Publicains, la médisance aux Femmes, l'argent aux Poëtes ; quelle idée ne doit-on pas se former de l'importance de cette cause.

Ce n'est point ici, comme chez la plupart de nos Confreres, l'esprit qui discute contre l'esprit ; c'est au contraire l'esprit en corps qui se réunit pour la premiere fois à l'effet d'élever sa voix contre la tyrannie sous le poids de laquelle, assez & trop long-tems il a gémi. Nous ne prétendons point, selon

fais quelle grace, *au nom de sa Compagnie,* à M. du Harlay ; le Président lui répondit , *M.* *je communiquerai à ma Troupe l'affaire de votre* *Compagnie.*

(3)

l'ufage ordinaire des Mémoires, jetter un ridicule fur les prérogatives dont cette Compagnie eft en poffeffion; aux dépens des Auteurs qui l'ont formée, & la Nation qu'elle a fouvent eu le malheur d'ennuyer.

Notre deffein n'eft point de nous prévaloir de cette loi injurieufement diftinctive, qui, la rayant du tableau des Citoyens (a) ne lui a prefcrit, en outre, d'autres honneurs de fépulture, que celle que nous ne pouvons nous difpenfer d'accorder à nos Acajous, à nos Angolas, à nos Gredins, & autres animaux qui nous ont le plus diverti pendant leur vie.

Nous effayerons feulement de

______

(a) Il y quelques années qu'un nommé **R.** fils d'une Comédienne, appellée Colombine, ayant acheté une charge de Procureur du Roi des Eaux & Forêts en Province, étant prêt d'entrer à l'Audience pour prêter ferment, fut arreté court par l'Huiffier, & forcé de retourner chez lui, où il reçut affignation & commandement de fe défaire de fa charge dans les vingt-quatre heures.

(4)

donner un efquiffe des abus formels
& criants dont fe plaignent les
Supplians , que le crédit de cette
Compagnie a perpétué & perpétue
impunément aux yeux du Public
qui n'en fait que rire , des Auteurs
coudoyés par les Acteurs & écla-
bouffés par les carroffes des Actrices , & de l'augufte & profonde
Académie qui les laiffe faire.

F A I T.

Comme nous fommes convain-
cus qu'il ne fert point à l'intelli-
gence d'une caufe , & que les Juges dont les lumieres font fupé-
rieures à ce qu'il renferme, fe don-
nent rarement la peine de le lire ;
nous ferions tenté de le paffer, s'il
ne rempliffoit pas du papier, &' fi
le papier , bien ou mal rempli , ne
valoit pas de l'argent.

Le Sieur Céfar-Chrifogone-Ale-
xandre-Baltazar Métrolin , iffu de-

puis deux cens ans de génération
Poétique , fans interruption ; ex-
pofe qu'ayant compofé un Drame
tragique de fa façon , fans tirades
terminées par des maximes auffi
impies qu'inftructives, fans enflure
épique & fans bourfouflage dans le
ftyle ; & ayant pour ce jugé à propos de fe modéler fur Racine , qui
à fon tour s'était modélé fur la nature , crut qu'il fuffifait d'avoir fait
cet Ouvrage , & qu'il avait fran-
chi toutes les difficultés. Ainfi
qu'une tendre mere après avoir
donné l'être au chafte fruit de fon
amour , rend graces au Ciel de fa
délivrance & de fa joie , fans con-
fidérer qu'elle n'a fait que la moitié de fa tâche , & qu'il eft plus
aifé de mettre un enfant au jour
que de le pouffer enfuite , comme
il convient , dans le monde.

Nourri, il eft vrai , comme un
provincial , dans la lecture des
bons Auteurs & dans l'habitude

de quelques sociétés choisies , les connaissances bornées du Suppliant ne s'étaient point encore étendues jusqu'à savoir ce que c'était qu'un Semenier. La noblesse de ce titre n'avait point encore frappé ses oreilles , & quoiqu'il eût parcouru l'Almanach Royal , où il croyait que toutes les choses utiles dussent être rassemblées , il ne s'était point avisé de savoir qu'il y eût un Almanach très-instructif des Théatres , d'autant mieux que , comme lui, personne ne le savait. Il l'apprit dans le ton laconique , dont la compagnie des Histrions jugea à propos de se servir , lorsqu'il vint leur offrir sa Piéce ?

Le Suppliant avoue qu'il crut voir une assemblée de Sénateurs qui jugeaient des intérêts de la Nation. Rien de si respectable & de si imposant n'avait jusqu'alors frappé ses regards. Ce Sexe charmant qui sent mieux le beau qu'il ne le définit , & dont le goût , en dépit des jugemens des hommes , eſt le plus ſûr oracle ; ce ſexe de qui le tact fin ſaiſit les beautés qui lui plaiſent, en laiſſant aux hommes le partage ſtérile de diſcuter par quelles raiſons elles ont le droit de plaire ; ce ſexe enfin qui re- gnant par des loix conſacrées par la nature abandonne aux hommes le droit humiliant d'en créer , ſem- blait dans cette aſſemblée , dé- pouillant ſon aménité naturel- le , dominer auſſi impérieuſement qu'un bourgeois au ſein de ſa fa- mille, qu'un chantre dans ſon banc au milieu de ſimples Clercs , ou qu'un Bailli de Village entouré de ſes Aſſeſſeurs.

L'air moitié dédaigneux & moi- tié indécent de leur maintien an- nonççait leur dignité. Ce ton que les femmes de qualité appellent air libre & aiſé , que le ſot bour- geois appelle impudence & ef- fronterie , caractériſait d'une ma-

niere diftinctive l'élévation de leur
ame. Leur parure répondait à l'i-
dée qu'elles cherchaient à donner
de leur grandeur, car elle ne reffem-
blait à celle de perfonne ; l'épaif-
feur, la groffeur & le défordre ar-
rangé du chignon tombant de quelques-unes, faifait paroli à un petit mantelet bien retrouffé, bien
chiffonné, jetté comme par hazard
fur leurs épaules, entrouvert pour
laiffer voir une partie de gorge fuf-
pecte, lequel elles tortillaient avec
jugement autour de leur bras, &
dont elles s'emmaillotaient étroi-
tement d'une maniere auffi élégante que caractériftique, les corcets
garnis de blonde de quelqu'autres
à peine lacées (car une femme de
qualité fe doit bien donner de
garde d'avoir l'air habillé) of-
fraient après trois heures de toilet-
te la négligence voluptueufe d'un
deshabillé impromptu. Un foupçon de mule à talon rouge très-bas

leur emboitait à peine le diamêtre
de l'orteil, en faifant bourfouffler
la chair au profit du coudepied.
La plupart pour ne point reſſem-
bler à des Provinciales, avaient
très-grand ſoin de tendre le dos
& de ſe tenir courbées, ſoit de
bout, ſoit aſſiſes; (les femmes de
qualité ne ſont point faites pour
être droites. (a) Auſſi comme ce
ſont elles qui reçoivent à tous
égards le ton de la part des Comé-
diennes, il ne faut point s'étonner
ſi ces dernieres enchériſſent. La
copie n'eſt point faite pour s'éga-
ler à l'original.

Qu'on nous pardonne, à l'exemple de nos Confreres, des détails
qui paroiſſent minutieux. S'il fal-
loit réduire les Mémoires à ce qu'il

(a) Madame la Ducheſſe de * * * chaſſa ſon
Maître à danſer, quoiqu'il fût alors le ſeul qui
eût la vogue; pour avoir eſſayé de lui prouver
qu'on devoit ſe tenir droite en danſant, par
certaines regles d'équilibre qu'on accuſe les
femmes de n'avoir pu comprendre juſques à ce
jour.

y a d'utile & d'intéreffant, ce ferait les réduire à quatre feuillets
& ruiner les Avocats.

Selon les informations que nous
a données le Suppliant, tous les
hommes ne lui parurent pas céder
de beaucoup en impertinence aux
Actrices. Le Sieur Metrolin avoue
qu'à la façon brillante dont la plûpart étaient vêtus, il les prit d'a-
bord pour des Fermiers généraux,
ou au moins pour des grands Seigneurs.

L'un d'eux, d'une figure affez
paffable, mais qui en paraiffait être
profondement convaincu ; affez
mal tourné d'ailleurs, quoique
grand, faifait juger par fa conte-
nance qu'il répétait un Rôle de
Fat, qu'il devait jouer probablement dans peu. Le Suppliant, pour
rendre hommage à la vérité, avoue
qu'il conçut une grande opinion
des talens de ce perfonnage pour
le Théatre, puifqu'il réuffiffait fi

parfaitement dans la société.

Mais ce qui donna au Sieur Métrolin la plus grande idée du jugement solide de l'Histrion, c'é-
tait l'exactitude scrupuleuse avec
laquelle il s'attachait à copier jusques dans ses défauts un gros &
antique personnage, qui malgré
la raucité & les inflexions désa-
gréables de sa voix, ayant eu pendant sa jeunesse quelque vogue
dans ces rôles-là, avait encore la
fureur d'être persuadé qu'il n'avait
point vieilli & d'être jeune en dépit des rides de l'âge & de la pe-
santeur de ses organes. Tel un ga-
lant suranné en fraise & en ca-
nons, près d'un jeune objet rajeu-
nit ses allures, & allie grotesque-
ment les impertinences de son siécle avec celles de celui-ci.

Nous ne taririons point si nous
entreprenions de dépeindre toutes
les contradictions étonnantes & mi-
raculeuses que le Suppliant remar-

qua dans cette augufte affemblée ;
nous nous arrêterons fimplement,
& pour abreger, à un des princi-
paux tableaux qui frappa le plus
fes regards.

C'était, felon le rapport vé-
ridique du fieur Métrolin, une figure Chinoife portée fur un corps
épais, dont la forme, pour m'exprimer trivialement, ne repréfen-
toit pas mal *un bœuf qui rumine.*
Le Suppliant était avec raifon
émerveillé que cet homme qui
avait entraîné dans le cothurne tous
les fuffrages de la Nation, excep-
té ceux des connaiffeurs, eût dans
la fociété une modeftie de maintien qui contraftât fi fort avec la
nobleffe que le bon public était
convenu de lui reconnaître fur le
Théatre. Quelques paroles que le
perfonnage proféra firent douter
témérairement au Suppliant que
celui qu'on admirait comme Prince, eût le fens commun comme
particulier.

Une juſtice cependant que le ſieur Métrolin ſe croit obligé de rendre à deux des Sénatrices qui fixerent le plus ſon attention, c’eſt qu’il les reconnut telles qu’elles avaient paru ſur la ſcene. L’une d’elles qui ſe croyait la premiere, parlait en ſociété comme elle déclamait ſur le Théâtre ; la proſodie de ſes diſcours familiers était auſſi ſcrupuleuſement guindée que celle des tirades, ou empoulait avec une apparence de dignité, les ſentimens des Héroïnes qu’elle parodiait. Et l’autre qui ne ſe croyait que la ſeconde, faiſait remarquer dans le particulier cette même nobleſſe de ſimplicité avec laquelle elle caractériſait avec vérité ſur le théâtre les divers intérêts des grandes paſſions qu’elle repréſentait.

Pour diminuer autant qu’il eſt en nous le défaut d’ennui inſéparable des mémoires, nous jugerons à propos de paſſer ſous ſilence les

autres perfonnages de cette affemblée.

Le Suppliant reçut à peine un
coup d'œil des Sénateurs, & n'en
reçut point du tout des Sénatrices;
ou du moins s'il en reçut, il ne
s'en apperçut point. Car qu'il nous
foit permis de remarquer ici en
paffant, que les femmes ont cet
avantage fur les hommes, c'eft
qu'au contraire de ceux qui regar-
dent fans voir, elles ont le talent
de voir fans regarder; il n'eft point
d'analife plus prompte que celle
de leurs regards; & l'homme le
plus abject, ainfi que la femme
la moins capable d'exercer leur jaloufie, ainfi que les moindres objets
n'échappent point à la rapidité in-
concevable de leur examen.

Le Suppliant inftruit des regles
de la civilité, fit en fortant nombre de profondes révérences qui
ne lui furent point rendues; tout
ce que fa politeffe lui mérita, fut

un long éclat de rire de la part des femmes. Mais ignorant si ce n'était point un usage, il n'osa s'en offenser, & sortit résolu d'aller trouver M. le Semenier.

Il était environ trois heures après midi, lorsque le Suppliant se présenta à la porte du Semenier. Un Laquais qui avait apparemment ordre d'être impertinent : car nous sommes convaincus qu'il n'auroit jamais osé l'être sans cela, lui dit d'un ton brusque que son Maître reposait, *& qu'on n'avait jamais vu qu'on vînt si matin étourdir les gens* ; ce sont ses propres termes que nous nous ferions fait un scrupule d'altérer.

Le sieur Métrolin, en homme de courage, ne se rebuta point, & crut qu'un échantillon de la pluie d'or qui facilita à Jupiter l'entrée de la tour de Danaë, ferait ouvrir les mains & la porte de ce Cerbere.

Nous n'ignorons pas que nos ennemis ont essayé dans un long Mémoire de réfuter ce fait, en alléguant la libéralité du sieur Métrolin dénuée, vu sa qualité d'Auteur, de toute vraisemblance & entierement hors d'évidence ; mais soit que le Suppliant fût de ce côté-là distingué de ses Confreres, soit qu'un Libraire se dépouillant de sa dureté naturelle, eût consenti à lui payer un Manuscrit le quart de ce qu'il valait ; il est certain que c'est un fait, & que tout fait ne peut être révoqué en doute.

Le Laquais, comme on a dû le prévoir, ouvrit effectivement les oreilles & les mains à l'éloquente maniere de s'exprimer du Suppliant, mais ne pouvant se permettre d'enfreindre en totalité les ordres qu'il avait reçus (un Laquais de Ministre ne serait pas si scrupuleux) il se piqua au moins de la reconnaissance de motiver au Suppliant

pliant les refus qu'il lui faifait de
fa part. Il lui apprit en confidence
& fous le fecret qu'il n'y avait pas
d'apparence que *Monfieur*, qui avait
paffé une partie de la nuit à un petit foupé dans une petite maifon,
fe levât de la journée. L'officieux
valet n'oublia point le détail de la
quantité de confommé au ritz, d'or-
ge mondée, &c. qu'il lui avait fallu
à fon retour, & finit par dire au
Suppliant que fon Maître étant encore engagé pour le foir même
dans une autre partie de nuit, il
était bien naturel, comme de rai-
fon, qu'il fe repofât jufqu'à l'heure de s'y rendre, & réparât les fa-
tigues de la nuit précédente dans
l'intention de s'expofer à de nouvelles.

Le Laquais de l'Hiftrion rappor-
ta tout ceci plus éloquemment que
nous ne le rendons ici, étant à notre honte peu rompus dans cette
élégante facilité de langage que le

B

moindre fous-moucheur eft à portée de retenir dans les couliffes &
dans les foyers.

Nous ne craignons point d'avan-
cer que peu rebuté de ce début, &
fe roidiffant contre les difficultés,
le fieur Métrolin fe préfenta dix
fois avant d'obtenir audience. Auffi
ne manqua-t-il pas d'en induire
qu'un Semenier devait être un
perfonnage important, puifqu'on
éprouvait tant de difficultés à l'a-
border.

Il parut enfin ce Semenier invi-
fible ; l'Auteur lui fut annoncé avec
tout l'appareil que les Grands ont
imité du Souverain, que les Publicains ont à leur tour imité des
Grands, & qu'enfin la claffe fu-
balterne des Bourgeois a imité des
Publicains.

Cependant par une attention ex-
traordinaire de M. le Semenier,
l'Auteur ne refta que trois heures
dans l'antichambre, où il eut néan-

moins le loifir d'entendre les propos de quelques laquais , qui à
l'exemple de leurs Maîtres s'entre-
tenaient tout haut de leurs bonnes
fortunes & de leurs petits foupers,
où les femmes les plus refpectables n'étaient point épargnées, dif-
courant d'ailleurs avec une pitié
ironique fur le chapitre des Auteurs dont ils n'oublierent pas de
faire de triviales rifées , affaifon-
nant le tout du groffier coloris qui
fait une partie de l'efprit & des
bons mots de la valetaille.

Le Suppliant trouva en entrant
M. le Semenier couché fur une
chaife longue dont il ne daigna pas
fe lever , felon la regle ; le fieur
Métrolin avoue qu'il lui trouva les
yeux furieufement battus & l'air
d'une poitrine délicate, quoique
l'Hiftrion n'eût au plus que trente
ans ; enfuite le Semenier conti-
nuant de lire une brochure, qui,
à en juger par l'attention du Lec-
B ij

teur, ne traitait pas probablement de l'art du Théatre, interrogeant le Suppliant d'un air nonchalant & sans le regarder, sur le motif de sa visite. Le sieur Métrolin saisi de respect à la vue du Personnage, confesse qu'il sentit trembler ses genoux, & qu'il n'eut pas la force de parler. Il tira de sa poche avec effort, & en suant à grosses gouttes le cahier qui devait lui servir de truchement; le Semenier, de qui la pénétration flairait un Auteur de cent pas, entendit aisément le langage caractéristique du manuscrit, & parodiait le silence du Suppliant, il lui fit signe de la tête de le lui laisser, & se contenta d'ajouter gravement, *c'est bon, j'en rendrai compte à l'Assemblée.*

Soulagé de ce fardeau, il semblait que le Suppliant n'eût dû se livrer qu'à la prochaine espérance de voir paraître sa Piéce, ainsi qu'une habile Coquette qui a attrapé dans ses rets un oiseau étranger, ne songe plus qu'à le plumer. Il n'était pas au bout.

Nous passerions pour altérateurs de la vérité, si nous disions que quinze mois se sont écoulés sans que le Suppliant ait pu avoir directement ni indirectement des nouvelles de sa Piece. Cependant rien n'est plus constant. Et s'il est permis de substituer dans un Mémoire le faux au vrai , (dans de bonnes intentions, & quand il est relatif au bien de la chose) la médiocrité de notre fortune est la preuve la plus évidente de l'usage où nous sommes de ne sacrifier qu'à la vérité.

Comme le Sr Métrolin peu instruit du code théatral avait négligé la regle de mendier un protecteur qui épaulât sa Piece, il ne fut admis à la lecture qu'au bout de deux ans. Borné, ainsi que nous l'avons dit, dans la connaissance des usages essentiels, il ignorait

que ce n'était point affez qu'un
ouvrage fût bon, que cela était même le plus fouvent inutile , & que
l'appui d'un protecteur faifait la plûpart du tems les trois quarts du
mérite d'une Piece , en dépit du
Public , des Comédiens & du bon
fens.

Pendant ce tems-là il avait en
vain fatigué d'importunités l'Hiftrion. Tantôt le Semenier n'avait
point encore eu le tems ; autrefois
il avait totalement oublié cette affaire ; une autre fois enfin, par malheur un gros finge s'étant amufé à
jouer avec le manufcrit l'avait mis
en lambeau. Le Suppliant, à l'aide
de fa mémoire & d'un *brouillon* ,
répara cette perte ; & attendit le
moment de fon jugement avec la
même patience qu'une femme de
18 ans attend le décès d'un époux
fexagénaire , & qu'un neveu prodigue attend la fucceffion d'un on-
cle avare.

Le Suppliant parut enfin pour la feconde fois à cette redoutable Affemblée. Il lut fa Piece pofément ; à la fin du premier Acte, on s'écria tout d'une voix, qu'il était évidemment impoffible que tout le refte de l'Ouvrage fe foutînt fur ce ton-là, & que conféquemment il était indubitable que les quatres autres Actes feraient pitoyables ; il allait être décidé qu'il fallait en refter là, & que l'Ouvrage n'était pas jouable, lorfqu'un des Acteurs Comiques prouva que par curiofité & pour fe divertir, on devait entendre le refte.

Lorfque le fieur Métrolin eut achevé fa lecture, la plûpart fe reveillant d'un profond fommeil s'écrierent, en baaillant, qu'il y avait de bonnes chofes, mais que le fujet n'était pas affez théatral ; qu'il avait trop de prolixité, que l'ufage actuel confiftait à faire cinq Actes bien juftes, & à coudre dans chaque acte une fcene qui tînt lieu de tout refte de l'acte, qu'il n'y avait point d'ailleurs affez d'incidens ni de merveilleux ; & qu'en général ils ne croyaient pas qu'un Poëme pût fe foutenir à moins de force coups de théatre, nombre de reconnaiffances, beaucoup de fpectacle, & au befoin quelques armées, que cela produirait néceffairement un grand effet, (a) & que la Tragédie nous élevant au-deffus de nous-mêmes, en nous peignant des actions plus qu'humaines, devait en conféquence, autant qu'il fe pouvait, s'éloigner de la nature.

Le Suppliant allégua en vain Racine & Corneille dont la plûpart des beautés qui frappent dans leurs Drames, confiftent dans l'enfemble des parties, dans la fimpli-

(a) M. de V. dit pour fes raifons que le Public eft un automate qu'il faut frapper à grands coups de marteau.

cité

cité de l'action , dans le contraste & le pathétique des caracteres, & dans l'intérêt qui réfulte de leurs oppofitions. On lui répliqua qu'il parlait là d'Auteurs qui avaient compofé pour le fiécle où ils vi- vaient , & qu'il n'y avait point à douter que la meilleure Piece de ces gens-là ne tombât dans un fié- cle auffi *rarefié* que le nôtre.

Le fieur Métrolin n'eut rien à répliquer:il tâcha au moins d'enga- ger dans fon parti quelques-unes des Actrices , perfuadé qu'elles n'auraient peut-être pas des raifons fi folides à lui oppofer : l'une à qui la partie fcandaleufe du Pu- blic prêtait malignement le talent prodigieux de jouer au naturel les rôles où il entrait un peu de mé- chanceté¹, fe récria contre le per- fonnage de Veftale que l'Auteur avait introduit dans fa Piéce ; elle repréfenta que ce rôle ferait d'une bizarerie inouie au Théatre. Une autre assura qu'elle était encore trop jeune pour se charger du rôle de mere, elle qui faisait encore illusion au Public en jouant les Agnès.

Le Suppliant convaincu de la force de ces raisons, convint qu'il ferait d'autres rôles. On ne nous demandera point si les Actrices qui prescrivirent chacun le leur les firent analogues à leur caractére.

Les hommes convinrent aussi qu'en changeant leurs rôles, la Piéce pourrait avoir du succès. Celui qui faisait ordinairement les premiers personnages trouva le rôle de Prince trop uni, trop égal, n'ayant pas la moindre tirade d'emportement qui puisse faire briller le talent des poumons, rempli de vers qu'il fallait parler, au lieu de déclamer ; pas la moindre situation forcée, pas l'ombre de l'imprécation, ni de ces sentences qui excitent le brouaha, & font elles seules une Piéce. Enfin pas assez d'art & trop de naturel.

Le sieur Métrolin dont on a vu jusqu'ici la docilité, ne la démentit point jusques à la fin, il souscrivit à tout ; il raya, ratura, effaça & le Licée lui promit de jouer sa Piéce, qui n'était plus sa Piéce ; & qui, graces à la juste distribution des ratures n'existait plus.

Le Suppliant, toujours ferme, refit de son défunt Poëme un autre Poëme tout différent. Au lieu d'une Vestale, une Euménide couronnée de roses se vantait publiquement de la flamme qu'elle ressentait pour un jeune imbécile, qui malgré les avances de sa maîtresse, faisait le personnage d'un Ecolier aux attaques d'une Coquette. Les préjugés qui ne paraissant bizares qu'aux vues étroites sont utiles au bonheur de l'homme, & maintiennent l'équilibre & les ressorts de la société, étaient publiquement travestis en ridicule. Elle

invectivait fans ménagement fon
pere , qui en effet , refpect filial à
part , méritait bien de l'être ; les
vers du Drame étaient bizares &
enflés. La Piéce , il eft vrai, po-
fait fur un fond fi délié qu'on ne
l'appercevait pas ; mais en revan-
che il y avait un Acte qui tenait
lieu de tous les autres , des éva-
nouiffemens prodigieufementbien
accumulés , pas l'ombre d'un ca-
ractere,& un dénouement comme
on n'en voyait point. L'affemblée
trouva tout cela bon , & il fut décidé qu'on le jouerait.

Il ne fe paffa heureufement pour
le Suppliant que 15 autres mois ,
pendant lefquels il éprouva un
paffe-droit qui portait à la vérité
avec lui fa juftification : car dans
la Piéce qui paffa avant la fienne ,
quoiqu'infcrite beaucoup après; à
la louange de la Nation qui l'ap-
plaudiffait, des Comédiens qui
la jouaient & de l'Auteur qui l'a-

vait faite, le crime le mieux affai-
fonné refpirait fur la fcene, &
l'Auteur plus adroit que fes Confreres était en outre dans la fami-
liarité des Hiftrions. Les hommes
le tutoyaient, les femmes le pro-
tégeaient & fe l'attachaient; & fa
Piéce dont les repréfentations furent pouffées, en dépit du Public,
jufqu'à extinction fut trouvée bonne par tous ceux qui jugent du
mérite d'une Piéce par le nombre
des repréfentations.

La parole d'une Compagnie eft
auffi facrée que celle d'un Efpagnol à fa Maîtreffe; tous les obf-
tacles femblaient diffipés, & le
Suppliant devait inconteftable-
ment être joué avant peu.

En ce tems-là il arriva qu'un
Auteur fufpecté de pofféder un
efprit dont le fonds ne lui appar-
tenait pas, offrit à la Compagnie
le même fujet que le Suppliant.
Même intrigue, c'eft-à-dire aucu-

ne ; même vérfification , mêmes caractéres ; il avait la vogue , il eut le débit : c'était bien raifon que MM. les Hiftrions lui donnaffent la préférence. Il leur avait apprit à chanter tous les vers , à empouler les détails qui ne doivent être que récités , à déclamer enfin comme il écrivait. Son Poëme fut reçu , non parce qu'il était bon , mais parce que le Public , fur la foi de fon nom , devait le croire tel.

C'eft d'après tant de paffes droits que le Suppliant s'eft décidé, malgré fa douceur naturelle à élever fa voix contre la malverfation de la Compagnie. La juftice de fa caufe a enrôlé fous fes drapeaux tous les plaignans que les mêmes abus & les mêmes intérêts ont réveillé de leur affoupiffement.

Ce font de femblables motifs qui nous forcent aujourd'hui à réclamer l'autorité de l'illuftre Académie dont l'érudition nous eſt connue par les beaux & inſtructifs Diſcours qui en ſont émanés, & par les découvertes profondes & fructueuſes qu'elle a faites depuis un ſiécle ſur quelques ſyllabes de la Langue Françaiſe.

Paſſons maintenant aux moyens de défenſes.

PREMIER MOYEN.

Pour prévenir à cet égard toute eſpéce de diſcuſſion, & le reproche que l'on pourrait faire aux Auteurs de n'être jamais en reſte de ce côté-là, nous examinerons ſi les Auteurs doivent être ſubordonnés aux Acteurs; ſi les enfans doivent impoſer la loi à leurs peres, les valets à leurs maîtres, les écoliers à leur régent, une novice à un petit - maître & les maris de Paris à leurs femmes.

On ne manquera pas de trouver ridicule que dans une nation policée où le peuple fait vivre les publicains , les mendians diſtribuent des aumônes aux artiſans indigens, les femmes fourniſlent à la ſubſiſtance de leurs époux ; nous veuillons trouver à redire que ce ſoit les Comédiens qui faſſent vivre les Auteurs.

La réforme, nous objectera-t-on , ne ſeroit-elle pas auſſi plaiſante que ſi les Fermiers-généraux entreprenoit de faire vivre le public.

Sans vouloir réfuter une objection auſſi ſolide , nous eſſayerons ſeulement de repréſenter que ce ſont les Auteurs qui ſont les dépoſitaires des richeſſes littéraires de la Nation , ainſi que les publicains le ſont des ſommes monnoyées.

Or ceci une fois établi , nous demandons s'il ne ſerait pas plus juſte, qu'à l'inſtar des Traitans ,

les Auteurs, au lieu de faire cir-
culer la maffe de leurs richeffes
par des échanges infuffifans, &
fouvent défagréables, euffent non-
feulement la caiffe de la Comédie pour leur banque & tous les
Hiftrions pour commis, mais encore fe chargeaffent de perce-
voir par tout le Royaume, fans
exception, un droit de bel efprit
fur toute une Nation qui prétend
à ce titre.

Nous n'entreprendrons point
ici de tracer la lifte des Auteurs
qui font morts de faim, pendant
que les Hiftrions jouiffaient impunément de leurs veilles & de leurs
fueurs ; ce ferait vouloir compter
le nombre des fujets que les Eleves d'Hipocrate envoient tous les
ans à Pluton, & le nombre des
fruits clandeftins que l'Amour en-
voie, chaque année aux enfans
trouvés de Paris.

Nous nous contenterons feu-

lement de repréſenter les Hiſtrions
à l'égard des Auteurs, ſemblables
à ces Courtiſanes qui font briller
les Etrangers qu'elles tirent de
l'obſcurité, en s'ornant & s'enri-
chiſſant de leurs dépouilles.

Examinons maintenant le parallele des Hiſtrions & des Auteurs,
& voyons ſur quoi les premiers
fondent leur prééminence. L'Auteur eſt le médecin des vices, &
des ridicules, le Comédien eſt le
ſinge de la ſociété; l'Auteur em-
bellit & fait fleurir la Langue,
l'Acteur la ſçait à peine; l'Auteur
prépare les mets, le Comédien
les réchauffe; l'Auteur eſt le pa-
tron, & l'Acteur l'intendant; auſſi
ne faut-il pas s'étonner ſi l'on voit
les intendans plus riches que leurs
maîtres.

Nous ſerions flattés de ſçavoir
s'il entre plus de mérite évident
chez l'Acteur qui apprend, affi-
che & annonce la Piéce d'un Au-

teur; qu’un laquais qui porte la robe de sa maîtresse, la sert & l’annonce dans un appartement.

Examinons maintenant la bizarerie de la poffeffion où font les Hiftrions de juger des Ouvrages d’efprit.

SECOND MOYEN.

Les femmes font juges fouveraines des modes; nul ne leur contefte ce droit: les bornes de l’efprit humain s’étendent à peine à la poffeffion d’une feule fcience: L’étendue & la vivacité d’imagination des femmes ne connait point de limites pour celle-ci; elles ont encore le partage de juger profondément des travers & des ridicules, d’être arbitres des tracafferies, de tourner la tête des hommes & de les rendre enfin plus ridicules qu’elles. Les Géomettres ne font point jugés par les

Muficiens, les Aftronômes par
les Maîtres à danfer. Pourquoi ne
ferait-il réfervé qu'aux Auteurs,
qui font jugés par tout le monde, de l'être particulierement par
ceux qui fouvent les entendent le
moins ?

Perfonne ne nous conteftera qu'il
fut des Piéces avant des Acteurs,
ainfi qu'il fut des Procès avant
les Avocats ; des ufures, des mal-
verfations & des péculats avant
les Financiers; des adultéres avant
l'inftitution du Mariage, des ban-
queroutes avant qu'il y eût un
commerce & des ridicules avant
qu'ils euffent été érigés en code.

Non que rappellant les premiers
Farceurs qui parodiaient fur deux
tréteaux à la vue des paffans les
myfteres de la Paffion, nous pré-
tendions fouiller dans la fource
impure & croupie d'où font for-
tis par la fuite, en fe groffiffant,
ces fleuves dont l'onde dorée &

orgueilleuſe ſemble le diſputer au Pactole & braver le Permeſſe.

Nous ſçavons trop le juſte droit que la ſucceſſion des tems donne non-ſeulement à la nobleſſe, mais encore à la roture; nous ignorons encore moins les droits que l'ancienneté a ſur le reſpect des hommes, il en eſt ainſi de la diſtance des pays; on ne s'aviſe point à Paris de conteſter ſur la qualité d'un homme qui vient de loin; & le fils d'un artiſan couvert de l'écharpe & de l'aiguillette, peut être impunément, au bout de quelques années un grand Seigneur, ſans que perſonne oſe le lui diſputer.

Mais autant les hommes ſont convenus de trouver de différence entre le ſinge & l'homme, entre le ſot & l'homme d'eſprit, entre une femme & une autre femme, un provincial & un homme de Cour, un intendant de maiſon

& un honnête homme , un pédant & un sçavant , entre F. & V. autant nous croyons devoir assurer qu'il y en a entre l'Auteur & le Comédien.

Ne serait-il pas aussi ridicule à l'Histrion de prétendre à la supériorité de lumieres sur l'Auteur, qu'il le serait au Copiste d'un ouvrage de mettre en parallele son talent avec celui de l'Auteur , à l'Huissier exploitant de se croire membre de la Magistrature, & aux Laquis des Fermiers - généraux d'être plus insolens que ceux des grands Seigneurs.

N'offrent-ils pas , pour m'exprimer par le proverbe , l'image des aveugles qui jugent des couleurs, ou d'un riche Prébendier qui voudrait se piquer d'entendre son Bréviaire ?

Ne semble-t-il pas , en considérant une Piéce livrée en de pareilles mains , voir un homme,

laſſé de ſe bien porter, s'abandon-
ner à l'événement d'une conſul-
tation de Médecins; on croit voir
l'un lui donner la fiévre qu'il n'a
pas, celui-ci lui crever un œil
afin qu'il puiſſe voir plus diſtinc-
tement de l'autre, celui - là lui
impoſer un cautére ſur un membre
dont ſuivra l'amputation; par ce
principe *qu'il faut couper les branches pour ſauver le tronc.* Heu-
reux enfin lorſque le malade ré-
duit au lait pour toute nourritu-
re, un œil crevé, un bras de moins
en eſt quitte pour la moitié d'un
corps qui lui reſte perclus; juſqu'à ce qu'après ſa mort qui doit
être prochaine, il ſoit livré aux
fantaſſins de la Faculté pour en
diſſéquer ce qui reſte.

Lorſqu'on ſe plaint avec raiſon
du peu de bonnes Piéces qui
écloſent tous les jours, c'eſt la
même choſe que ſi on ſe plaignait

qu'en général la constitution du corps des hommes est affaiblie, & que leur santé périclite depuis que le nombre des Médecins s'est accru comme les grains de sable des déserts de l'Arabie, ou comme les feuilles périodiques qui nous inondent avec plus d'abondance que celles qui tombent des arbres en Automne.

Il n'y a point de remede à ce dernier article, parce que les hommes feront toujours ou faibles ou forts; mais nous osons croire que le mal dont se plaignent les Supplians n'est pas incurable.

1°. Parce que les Auteurs aiment plus violemment leurs productions que les hommes, s'il se peut, n'aiment leur vie.

2°. Parce que les Médecins ont le secret, ainsi que les Moines, d'arracher la confiance des hommes avec leur argent, & que les

les Auteurs méprisent autant pour le moins les Histrions, qu'ils en font à leur tour méprisés.

3°. Parce que la vanité des Auteurs dépend de celle des Comédiens; & qu'il est aussi impossible au vassal d'aimer son Seigneur, au soldat d'aimer son caporal, au peuple d'aimer les grands, aux grands d'aimer les ministres, qu'aux Allemands d'aimer l'eau, aux Chanoines la tempérance & aux courtisanes le sot qui se ruine pour elles. Regle générale, l'esprit doit être jugé par l'esprit; si les courtisanes voulaient gouverner les honnêtes femmes, & si les écoliers fouettaient leurs régens, tout serait renversé; plus de subordination, par conséquent plus d'équilibre.

Nous finirons enfin par demander s'il n'est pas aussi merveilleux de voir des Histrions arbitres des Ouvrages d'esprit, que de voir

D

des nouvelliftes de caffé diriger les opérations d'une campagne, des Confeillers mufqués, enlumi-nés de blanc & de rouge, char-gés d'une navette au lieu de facs, opiner fur l'ordonnance d'un ou-vrage de Marli, & les criminels juger à la potence les Magiftrats.

TROISIEME MOYEN.

C'eft peu, comme nous avons effayé de l'infinuer; que les Hif-trions s'érigent en arbitres des ou-vrages d'efprit, ils font encore des reglemens; & ce n'eft pas fans rai-fon que nous ofons nous attendre à avoir un jour l'Académie des Hiftrions, ainfi que nous avons celle d'Angers, celle de Nan-ci, & principalement celle de Troyes.

Par un reglement de cette Compagnie en .... la maifon du Roi dont parmi fes priviléges le

nom feul fuffit pour lui faire ouvrir gratuitement les portes les
plus refpectables, fut privée du
privilége des entrées, dont jouif-
fent dans les Villes de provinces
les moindres Officiers de garni-
fon.

On n'examina point fi la maifon
du Roi dépenferait à un frivole
fpectacle une partie des appoin-
temens deftinés à faire les campa-
gnes.

Les Hiftrions prouverent qu'un
pareil privilége les empêchait de
foutenir avec dignité leur état.
Qu'il était phyfiquement impoffible qu'un Comédien pût vivre
honorablement avec dix mille li-
vres par an, & qu'il était de
moindre conféquence que deux
ou trois mille Officiers couruf-
fent le danger de mourir de faim
en allant au fpectacle, que de
contribuer à porter préjudice au
luxe de ceux qui le compofent

& qui eſt certainement toujours
relatif à la grandeur d'un Etat.

On ajoute même qu'ils par-
vinrent à prouver, tant le ſiécle
était ignorant alors, que des Hiſtrions étaient incomparablement
plus utiles à un Etat que des Militaires ; que le plaiſir était gravé
dans le cœur des hommes avant
le ſoin de leur propre conſerva-
tion ; que le ſpectacle a toujours
ſemblé l'époque des ſiécles bril-
lans, & qu'au contraire il a eu
de tout tems des Militaires ; que
les Spectacles font fleurir une nation, & que les Militaires la ſou-
tiennent tout au plus ; & qu'enfin
l'on a remarqué que la décadence des Etats n'a jamais ſuivi celle
des vertus militaires, parce qu'il
y a toujours des hommes, & que
par-tout où il y a des hommes il y
a eu des combats ; mais qu'au contraire la décadence des Empires
a toujours été précédée de celle

des Arts, & par conféquent des
Sctacles.

Nous n'entreprendrons point
de réfuter la folidité de ces con-
féquences.

Nous ne nous arrêterons point
aux divers réglemens qui fe font
fuccédés chez cette nation dont
le partage, & notamment celui
des femmes, eft d'être toujours
en mouvement.

Nous ne parlerons point du
patterre monté de quinze folsà
vingt, & qui déroge de fon inftitution, en excluant fouvent, faute de ce quart de fupplément,
nombre de Clercs de Procureur
& de Garçons de boutique chez
qui il peut loger autant d'efprit
que dans des têtes furmontées par
des corps financiers ou par des
talons rouges.

Suivant la progreffion de ce cal-
cul, pour peu qu'il augmente en

core , c'eſt vouloir en chaſſer totalement les Auteurs.

Nous paſſerons ſous ſilence cette heureuſe & ſublime invention
de la continuité *du tierçage* , qui
prouvant en dépit des yeux &
de la bourſe du Public , que les
places n'ont rien changé de leur
taxe primitive ; augmente adroi-
tement d'un tiers le luxe toujours
néceſſaire de MM. les Hiſtrions.

Nous paſſerons rapidement au
nouveau réglement de leur part
qui concerne la ſuppreſſion des
gratis , & principalement des entrées des auteurs, ſemblables à ces
enfans qui battent leur nourrice ,
ou bien à ces fils ingrats qui lorſqu'ils ſont devenus grands refu-
ſent l'accès de leur maiſon , & juſqu'aux alimens aux peres & me-
res qui ſe ſont épuiſés pour eux ,
& dont ils peuvent maintenant ſe
paſſer.

Mais les Hiſtrions dont on a

déja reconnu l'habileté à prouver, nous prouverons encore qu'à
l'égard du dernier article, c'eſt
moins l'intérêt perſonnel de la
Compagnie qui a dicté ce reglement que l'amour des Lettres &
l'encouragement des Arts. Qui
croiroit qu'une Compagnie dont
les beſoins ſemblent ſe multiplier
à proportion du luxe qui lui eſt
relatif, fût ſi déſintéreſſée ?

L'égalité des entrées eſt préju-
diciable, nous diſent les Hiſtrions,
à l'encouragement & à l'émulation des Lettres.

1°. Parce qu'il y a pour le moins
autant de gens avides d'avoir leurs
entrées au Spectacles, que d'Auteurs affamés de gloire.

2°. Parce que ceux qui n'avaient
ſimplement compoſé que pour
leurs entrées en ſe repoſant de
leur continuité ſur la foi d'une
Piéce en un acte, & privant non-
ſeulement les Lettres de l'eſpé-

rance que le Public aurait fondée
sur l'annonce de leur talent, mais
encore en remplissant pour ainsi
dire gratuitement le Spectacle,
détruiraient l'émulation par l'é-
galité des priviviléges entre le
stérile compositeur d'une piéce
en un acte & le second auteur qui
compte les minutes par le nombre de ses vers.

A cela nous osons répondre
qu'il n'est pas plus possible que le
nombre & la continuité des entrées, malgré l'égalité sensible
de leurs priviléges, contribuent
au dépérissement des Lettres, en
détruisant l'émulation; que le
nombre des mets à une table soit
un obstacle à la faim, que le nombre des parasites détruise l'appétit
général des convives, que le nombre des marchands dans une place altére le commerce, que le
nombre des sots rétrécisse le génie des gens d'esprit, & que le
grand

grand nombre des furnuméraires oififs de la maifon du Roi empê- che ceux qui font en pied de per- cer & de faire leur chemin.

Les Auteurs reffemblent aux plantes à qui le jardinier prodigue également une rofée artificielle. Également l'objet de fes foins & de fes faveurs, les plantes tardi- ves & ftériles ne font point un ob- ftacle à l'accroiffement & à la fé- condité des autres ; le pavot or- gueilleux croît & multiplie à côté de l'humble marguerite, & le pin s'éleve jufqu'aux cieux au milieu du buiffon dont les branches s'hu- milient vers la terre.

Nous dirons plus ; la gloire? plus encore que le gain eft le mobile des Auteurs, malgré le problême qui femble fubfifter à cet égard ; l'Auteur ainfi qne le foldat a le même but, la même gloire, la même mifere & fouvent la même rétribution difciplinaire.

E

Perſonne ne doute qu'en partant du principe que tout joueur
jouera, que tout buveur boira, que
tout maltotier volera, que tout
entrepreneur des vivres s'enrichi-
ra. Par la même raiſon, malgré
vent & marée, tout Auteur écrira.

La ſeule objection à laquelle
nous n'avons point de réponſe,
c'eſt que plus la ſalle des Hiſtrions s'emplira de *gratis*, & moins
leur profit augmentera.

Le véritable équilibre d'émulation que nous oſons appercevoir
dans ce nombre d'entrées relatif
aux nombres d'actes, c'eſt qu'il
deviendra déformais plus court de
faire une mauvaiſe piéce en cinq
actes, que d'en faire une bonne
en un acte. Et alors il eſt clair
qu'en équivalant les richeſſes par
le nombre, cette augmentation
de produit en eſt une véritable
pour les Lettres.

Il ſerait injuſte d'après ces preuves , de reprocher à Meſſieurs les Hiſtrions le défaut d'exactitude à maintenir & augmenter leur luxe, qui, comme nous l'avons vu , fait la baſe d'un Etat, ils méritent certainement bien , par cet endroit ſeul d'être décraſſés de la tache qui les exclut du nombre des citoyens.

Nous n'avons point prétendu comprendre dans le luxe utile de MM. les Hiſtrions, celui de MM^mes les Actrices , de qui la profondeur de génie leur procure , indépendemment des fonds de la ſociété, les moyens de faire honneur à un état par l'exceſſive profuſion de leur luxe. Notre deſſein , malgré l'exemple de nos Confreres , n'eſt point de faire un libelle diffamatoire.

Dans l'état politique , ce ſont les ſoldats qui remportent la victoire dont le Général a tous les honneurs ; dans l'état théatral ce ſont les Hiſtrions qui ſe prétendent les généraux. Les Auteurs, comme nous l'avons déja dit, ne ſont que es ſoldats.

Partant de ce principe il ne faut pas s'étonner ſi les généraux Comédiens éclabouſſent, ſelon la regle, la pauvre infanterie des Auteurs. Ils ſont fats & impertinens, ainſi qu'il eſt de droit aux Officiers généraux de l'être.

Si leur table excede, ſinon la ſomptuoſité, du moins la délicateſſe (a) de celle des Publicains ; pendant que la troupe ſubalterne des Auteurs expire de faim dans la rue, ſur la foi d'une Tragédie.

Si les Hiſtrions admettent quelquefois par pitié les Auteurs à leur table pour s'en amuſer, ainſi que

____

(a) Mademoiſelle G. de B. avait la ſenſuelle coutume de faire rafraîchir ſon vin & ſes liqueurs dans de la glace d'eaux de ſenteur, & avait deux laquais chargés de ſe relever réciproquement, pour lui tenir dans la nuit une glace prête au moment qu'elle ſe réveillait.

les Publicains admettent à leur tour les Hiſtrions à la leur pour s'en divertir.

S'ils font la coqueluche des femmes, pendant qu'il ſuffit du nom d'Auteur pour exclure à cet égard des plus baſſes prétentions.

Si les Hiſtrions enfin paroiſſent s'oublier à l'égard des Auteurs ; puiſque les grands Seigneurs s'oublient ſouvent eux-mêmes avec les Hiſtrions.

Nous nous flatons d'ouvrir ſur des abus ſi formels les yeux de la profonde Académie, qui gouverne la république des Lettres avec autant d'érudition que les Traitans adminiſtrent les finances.

QUATRIEME ET DERNIER MOYEN.

Parmi une foule de moyens qui ſe préſentent pour obvier à cet abus, nous nous arrêterons à un feul qui les renferme tous.

Il y a des chambres fyndicales pour tous les Arts & Métiers ; celui d'Auteur, fans contredit, le plus étendu de tous, n'en a point.

On a vu de nos jours, il eft vrai, quelques charlatans, nouveaux Don Quichottes de la littérature joindre aux extravagantes eftocades du héros Efpagnol les plaifanteries de fon écuyer, & en recevoir par fois les mêmes châtimens.

L'illuftre Académie même dont nous réclamons la protection, s'eft vue impunément honnir & vilipender à fa barbe par ces pourfendeurs de moulins à vent.

Nous lui rendons affez de juftice pour être convaincus que c'eft moins par impuiffance, que par une modération qui lui eft naturelle, qu'elle n'a point vengé de toutes ces médifances fon mérite confirmé par des Lettres patentes fans réplique.

Le moyen que nous ofons pro-
pofer eft de facile exécution ; pre
mierement parce qu'il ne reffem-
ble point aux moyens ordinaires ;
fecondement en ce qu'il ne coûte
pas une obole à l'Etat.

Qu'on établiffe à cet effet une
chambre de fept (a) Cenfeurs im-
partiaux, s'il en eft, ou Jurés pris
du fein de l'Académie, de laquelle
chambre reffortiront, fans appel,
les Hiftrions & les Auteurs.

Il fera en outre établi que le
premier Cenfeur, pour éviter toute efpéce de conteftation de mérite avec MM. les Hiftrions, &
pour balancer, s'il eft poffible,
l'érudition dont ils fe piquent, fera
tenu d'avoir fait au moins une Tra-

(a) Tout le monde fçait que le nombre
de fept eft un nombre privilégié ; & qu'en outre c'eft le plus fûr moyen de prévenir l'égalité indécifive du nombre pair, en déterminant
néceffairement le poids de la balance d'un côté ou de l'autre.

E iv

gédie fans jargon, dont les pen-
fées feront dans l'action & dans
les faits , au lieu d'exifter dans
les mots , dont les caractéres
frappans & contraftés formeront
l'intérêt, (a) & dont le cinquiéme acte , malgré l'ufage actuel ,

(a) A. en eft un exemple, Une jeune Amé-
riquaine ne nous intéreffera pas par les beaux
Vers qu'elle débite ; fi par le contrafte de fes
mœurs avec les nôrres, elle n'irrite nos fenfa-
tions par l'oppofition des objets , ainfi que les
matieres s'échauffent par le frottement qu'elles
contractent. Il faut qu'elle agiffe, & non qu'elle parle ; & qu'ainfi que fon Amant qui eft
Amériquain comme elle, ils ayent un caractére identif. La vengeance & la jaloufie ne font
point des caractéres diftinctifs, & ne produi-
fent qu'un intérêt de circonftance, au lieu
que l'intérêt qui naît des caractéres & du contrafte de leur oppofition, fubffte indépen-
damment des circonftances. L'idée d'élévation
& de grandeur a toujours été en droit de frapper
les hommes ; un grand criminel intéreffe ainfi
qu'un caractére grand & vertueux. L'efprit humain , avide de prendre parti dans quelque
genre que ce foit, fe fépare alors des préjugés
nationaux , fi difficiles d'ailleurs à détruire ;
nous louons fouvent dans un ennemi ce que
nous ferions fâchés de reconnaître & d'applau-
dir dans un Concitoyen. L'amour propre qui
fçait fe retourner de tant de côtés, loue alors

ſera obligé de couronner par un dénoument rapide & chaud, l'intérêt qu'auront excité les quatre autres.

Le ſecond prouvera qu'il n'a point fait de Comédies larmoyantes ; parce qu'en dépit de leurs ſectateurs, il ſera toujours à Paris auſſi trivial d'aſſocier les paſqui-

ſon propre ouvrage ; on ſe plaît à exagérer une grandeur dans laquelle on aime à ſe reconnaître, parce que la diſtance qui ſe trouve alors entre nos intérêts ne s'humilie point par la contemplation de cette grandeur, & qu'au contraire l'envie tient preſque toujours les yeux des hommes fermés ſur le mérite de ceux qui les approchent de plus près, & qui conſéquemment ont preſque toujours à peu près les mêmes intérêts. Nos louanges ſont toujours relatives à nous-mêmes ; on ne loue avec emphaſe les anciens que pour mieux humilier les modernes auxquels on ſe croit ſupérieur ; & lorſque nous louons avec profuſion quelqu'un, c'eſt toujours aux dépens d'un autre dont nous avons intérêt de rabaiſſer le mérite. Cette longue digreſſion eſt un peu ſérieuſe pour un Mémoire, où le but des habiles Avocats eſt de faire rire les Juges, ſouvent aux dépens des Parties. mais nous prions de remarquer que ceci n'eſt qu'une note, que l'on paſſera ſi l'on veut.

nades d'un valet au pathétique des autres perfonnages, que de voir à Londres danfer & boire des foffoyeurs au milieu d'une Tragédie.

On exigera du troifiéme de prouver que dans la longue & fçavante recherche qu'il a faite fur les fimples & les compofés de la langue Françaife, il a trouvé au moins trois mots qui rendiffent & exprimaffent les périphrafes ; il fera tenu de fçavoir que nous avons encore, malgré le travail immenfe de l'Académie, une foule innombrable de verbes qui n'ont point encore de participes ni de fubftantifs ; & que les Sçavants de l'Europe ont été étonnés que les habiles Gens qui s'étaient donné la peine de trouver l'adjectif compofé *indicible*, ayent laiffé échapper à leur érudite attention celui du verbe fimple.

Le quatriéme fera obligé de prouver la même probité dans fes mœurs qu'il aura expofées dans fes écrits ; & quoiqu'il dife, ou qu'il écrive, il ne fera point croire en lui, qu'il n'ait prêché d'exemple,

Le cinquiéme obligé de con-naître à fond le cœur humain, fera tenu de prouver n'avoir point fait de jolis petits Romans qui nes'é-tendent point au-delà de la petite fphére pour laquelle ils ont com-pofé, laquelle petite fphére eft *le grand monde* qu'ils ne connaif-fent pas, & qu'ils prennent fot-tement pour *le monde* en général.

Qui ne peignent qu'une portion d'humains, dont les mœurs font auffi différentes de celles des au-tres humains, que les ufages des Français different de ceux des Ton-quinois ; & qui n'offrant point de ces portraits généraux où toutes les nations peuvent fe reconnaî-tre, parce que les travers & les ri-dicules des hommes font partout à peu près les mêmes ; paraiffent pour m'exprimer ainſi, étrangers dans leur propre pays.

Qui ne reſſemblent point enfin à ces Romans igénieux & moraux qui peignent le peuple, au lieu des grands, 1°. parce qu'il ſe trouve toujours de ces premiers parmi le peuple, & qu'il y a autant de peuple pour le moins chez, les grands que de grands chez le peuple.

2°. Parce que le peuple fait une nation, & que les grands n'en font qu'une partie.

3°. Parce que le peuple exiſte par lui-même, que ſes idées, ſes ſenſations, ſes vices, ſes travers, ſes vertus, ſes intrigues, ſes projets & ſes paſſions ſont à lui; & que chez les grands tout eſt factice juſqu'à leur ame.

4°. Parce que le peuple a un caractére, & que les grands n'ont que celui des circonſtances.

5°. Enfin parce que le Peuple ſuit

les impulfions de la nature , fans en connaître les mouvemens ; & que les grands la feignent fans en être affectés.

Le fixiéme pour éviter tout foupçon d'intérêt , de mauvaife plaifantetie , de partialité & de noirceur , fera tenu de prouver préalablement qu'il n'a point fait de Journaux , ni de Feuilles périodiques , ou autres femblables Ouvrages, fouvent funeftes à l'Auteur qui les fait, aux Libraires qu'ils ruinent & au lecteur qu'ils ennuient.

Le feptiéme Cenfeur enfin n'aura point cherché à prouver , d'après lui-même , que le Génie eft généralement épuifé ; il n'aura point cherché à produire des innovations ftériles & dangereufes pour fuppléer à ce même Génie. Il fera tenu de croire que fi le fiécle d'Augufte eût été perfuadé que le fiécle d'Athènes eût tout créé , tout inventé & tout dit , nous n'eussions eu ni les Virgile , ni les Horace , &c. le siécle d'Alexandre n'eût point fourni les Apelles, les Phidias ni les Quintcurces, &c. celui de Louis XIV. les Condé, les Corneille , les Rubens , les Girardon , &c. Celui-ci enfin les Lowendals , les Voltaire , les Rousseau , les Crebillon , les Montesquieu , les Réaumur , les Buffon , les Vaanlo , & il croira pieusement que la preuve que l'on a beaucoup dit depuis qu'on était convenu qu'il ne restait plus rien à dire, est la conséquence que l'on peut dire encore beaucoup.

Il sera enfin établi que ces Censeurs ne recevront aucun présent, soit de la part de Messieurs les Histrions , soit de celle des Auteurs , quoiqu'on puisse raisonnablement nous objecter la coutume fondamentale où sont les deux derniers d'en recevoir plutôt que d'en donner.

Nous ofons nous flatter que le Gouvernement daignera interpofer fon autorité au maintien & à la confervation des droits des Jurés, pour fervir de frein à la Nation mobile & cabalifte des Hiftrions.

Ces chambres de Jurés n'admettront après un mur examen que les Piéces qui méritent effectivement les honneurs de la repréfentation ; il lui plaira défendre à toute Actrice de quelque genre & qualité quelconque de fe trouver malade lorfque le Rôle ne lui plaira pas, ou que l'Auteur ne lui aura pas été faire vifite.

A l'effet d'établir une jufte fubordination, il fera réglé par la Chambre Syndicale.

1°. Que lorfque l'Auteur & le Comédien fe rencontreront dans la rue, celui-ci cédera le pas à l'Auteur & le faluera le premier, ainfi qu'un Gafcon fubordonnant l'orgueil à la civilité, prévient par un salut le traiteur qui le nourrit.

2°. Que lorsque la Piéce sera jugée digne d'être représentée, le Semenier (si toutefois il est be-soin d'un Semenier) prendra la commodité de l'Auteur, & non l'Auteur celle du Semenier.

3°. Que pour prévenir désor-mais toute discussionp our la pré-éminence des Rôles tragiques ; la seconde Actrice, qui se croit la premiere, jouera les Rôles qui se-ront impregnés du sceau de l'es-prit & de l'art ; & la premiere qui se croit la seconde, ceux qui se-ront marqués au coin du génie & de la nature.

Le premier Acteur, (parce qu'il est le seul) aura défenses formelles d'étouffer, de concert avec la se-conde Actrice, les talens naissants qui pourraient un jour devenir su-périeurs aux leurs. Au reste sup-plions qu'il lui demeure permis

de

de refter en poffeffion de grima-
cer & de forcer la nature, pour
apprendre aux Eleves à éviter ce
défaut.

Qu'il fera ordonné que les amou-
reux & amoureufes du comique
feront en général moins tragiques, moins larmoyants, moins
guindés, plus naïfs, & plus ten-
dres.

Qu'il fera délivré à l'Acteur qui
repréfenre maintenant les Rôles de
fat un brevet qui lui continue le
droit de les jouer dans le monde,
pour apprendre à les rendre natu-
rellement fur le théatre.

Qu'il fera enjoint à toute la compagnie des Hiftrions de jouer les
Rôles felon leur véritable fens,
& l'idée de l'Auteur, dont ils dai-
gneront prendre les avis lorfqu'il
les leur offrira, & de recevoir fans
répugnance toutes les corrections
quelconques qu'il plaira à l'Auteur de faire à fon drame, après

E

ou avant la premiere repréſentation & pendant le cours des autres (*a*).

Qu'il leur ſera néanmoins oc-
troyé par la généroſité des Sup-
pliants , de reſter en poſſeſſion de

(*a*) M. de V. ayant donné au Théatre ſa
Piéce de Z . . . pour déférer à quelques criti-
ques judicieuſes , jugea à propos d'y faire ,
après la premiere repréſentation des corrections. On ſçait , pour ces ſortes de corrections,
quelques néceſſaires qu'elles ſoient , la répugnance de MM. les Hiſtrions , qui ſe ſont fa-
tigués la mémoire en y plaçant avec peine &
par ordre deux ou trois cens vers. Le S. Dufrêne fut celui de tous qui apporta le plus de
réſiſtance à ces nouveaux changemens. Le Poëte était chaque jour en vain à la porte du Comédien : l'Hiſtrion faiſait dire qu'il était ſorti,
ainſi qu'il ſe pratique chez les gens du grand
monde ; le Poëte gliſſa ſes corrections par la
ſerrure : cette invention n'eut pas un meilleur
effet. Enfin le Poëte ſachant que l'Hiſtrion
devait donner un grand dîner , s'aviſa de hui
envoyer un pâté de perdrix , avec défenſe de
dire de quelle part. Le Comédien nourri, comme ſes pareils , dans l'habitude de recevoir
des préſens avec indifférence , remit à un autre tems le ſoin de connaître ſon bienfaiteur.
L'ouverture du pâté ſervi à l'entremêt ſe fit avec
pompe & avec la même curioſité que ſi on eût
aſſiſté à la premiere repréſentation d'une Piéce
nouvelle. Mais la ſurpriſe égala la curioſité,
& le plaiſir ſurpaſſa la ſurpriſe à la vue de

la caisse de la Comédie ; vu que
le réglement qui serait porté pour
les en désaisir serait aussi infruc-
tueux que ceux qui ont été por-
tés jusqu'ici pour faire regorger
les Publicains, & attendu l'impos-
sibilité physique de faire ressortir
les deniers publics des mains où
ils sont une fois engoufrés.

Sera rétabli dans son entier le
droit des entrées pour les Auteurs
qui n'auront composé qu'une pièce
en un acte, également comme
pour iceux qui auront passé cette
mesure, moins encore pour faci-
liter aux premiers par la connais-

douze perdrix, tenant chacune dans leur bec
plusieurs billets qui contenaient tous les vers
qu'il fallait ajouter, retrancher ou changer
dans le Rôle du S. Dufrêne. On reconnut
l'auteur du présent à l'ingénieuse maniere
dont il s'y était pris pour faire agréer ses corrections. Le Parterre s'apperçut des changemens. Combien de Piéces, qui si elles étaient
précédées d'un pâté, épargneraient à leurs
Auteurs plus de soins, plus de travail, plus
de tems qu'ils n'en ont employé à la com-
position de la Piéce même.

F ij

fance du Théatre les moyens de
s'inftruire à en faire de bonnes,
qu'afin de leur apprendre par l'e-
xemple à éviter d'en faire de mau-
vaifes.

Ajoutons en outre que pour
conferver les poumons des Actrices & le bon fens des Acteurs,
il ne fera permis aux premieres,
que d'avoir, tout au plus, trois
amans à la fois, & aux feconds
que deux foupers clandeftins par
femaine ; encore feront - ils te-
nus de fe retirer avant quatre
heures du matin. Permis toutefois à ces derniers de jouir comme
ci-devant du privilége de publier
non - feulement les faveurs qu'ils
ont reçues, mais encore celles,
où ils n'ont jamais eu de part ;
cela étant indifférent en foi par
les regles de l'ufage, & ne pouvant porter aucun notable préjudice aux intérêts des fupplians.

Nous finiffons enfin par fupplier que défenſes très-expreſſes ſoient faites à tous Hiſtrions quelconques, de s'ingérer de corriger de leur propre aveu les piéces des Auteurs, ſans être munis préalablement de la permiſſion deſdits Cenſeurs. Leur enjoindre, avant toutes choſes, d'apprendre le français, dont chaque faute, ſans préjudice des autres contraventions aux articles précédens, ſera puniſſable à peine d'une amende priſe ſur la part de chaque contrevenant, dont un tiers ſera réverſible aux pauvres, l'autre tiers à la Chambre Syndicale des Jurés, & l'autre tiers aux Auteurs, & principalement trois cinquiémes en ſus pris ſur la totalité, à l'Auteur qui aura ſouffert du délit.

Les fonds de cette chambre ſeront pris, en raiſon de ſon tiers, préalablement ſur la maſſe des amendes dont nous nous flattons que le nombre ſuffira pleinement

Par ce moyen, l'équilibre entre les Auteurs & les Acteurs se rétablira avantageusement pour les premiers, le Théatre se purifiera, & les Auteurs feront de meilleures piéces.

1°. Parce qu'ils les feront eux-mêmes.

2°. Parce que les difficultés pour les faire jouer ne subsisteront plus.

3°. Enfin parce que ces piéces étant moins dans le cas de devoir leur origine à l'indigence, se ressentiront de la meilleure constitution de l'estomach des Auteurs.

Me BRILLANTIN, Avocat.

Mes { PIPE'E, TRAQUENARD, } Proc.

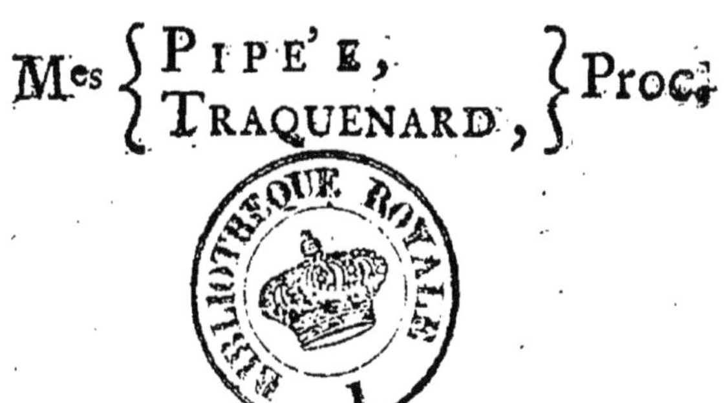

9 782329 032078